Johanns Geschichten

Johannes Beichl

Johanns Geschichten

Wahre Abenteuer und andere Geschichten
von Johann, dem Kraftfahrer

löwen-
stern
verlag

Bibliografische Information der Deutschen Nationalbibliothek
Die Deutsche Nationalbibliothek verzeichnet diese Publikation in der Deutschen Nationalbibliografie; detaillierte bibliografische Daten sind im Internet über http://dnb.d-nb.de abrufbar.

Umschlaggestaltung: Renate Wettach unter Verwendung der Zeichnungen von Marilen Zechowski
Fotos: Autoren-Portraitbild und Foto Maskottchen von Johannes Beichl
Illustrationen: Marilen Zechowski (S. 24,27,45,47,49), Su Albrecht (S. 30,32,34), Fiona Rieser (S. 36-38), Hannah Kricej (S. 40,41,44), Andrea Natalie (S.23), Iara Silva Rosa (S. 6,9,11,12,13,15,17,18,20,22), pixabay.com (S. 26,28,42). Spezialeffekte aller Bilder von Renate Wettach.

ISBN 978-3-945542-53-8 (Print Softcover)
E-ISBN 978-3-945542-54-5 (ePUB)

Frankfurt am Main 2021, 1. Auflage
Druck und Bindung: BoD – Books on Demand, Norderstedt

Verlag, Redaktion, Herstellung, Design & Layout:
Renate Wettach, LöwenStern Verlag,
Weckerlinstr. 4, 65929 Frankfurt am Main, Deutschland
Telefon: +49 152 34332590
E-Mail: geschaeftsfuehrung@loewenstern-verlag.de
Umsatzsteuer-Identifikationsnummer gemäß
§27a Umsatzsteuergesetz: DE291558368
www.loewenstern-verlag.de

Inhaltsverzeichnis

Der Express und das Blaulicht 7

Polizei, bitte folgen! 10

Polizei und Schule 14

Als die Fahrer noch kein Navi hatten! 19

Bua geht auf große Fahrt 23

Der glückliche Franzose 32

100 Stundenkilometer und keine freie Sicht! 35

Als ich meinen LKW-Führerschein gemacht habe und den ersten Job bekam 39

Eine Werbefahrt und die Alte stirbt! 45

Autorenprofil Johannes Beichl 51

Der Express und das Blaulicht

Hallo meine Freunde! Eine spannende Geschichte habe ich wieder einmal für euch bereit, die auch wahr ist. Die habe ich selber erlebt, als ich gerade angefangen hatte, mit dem LKW zu fahren. Ich hatte schon einige Zeit mit dem Betonmischer gearbeitet und wollte einen anderen Job machen, bei dem ich nicht immer so schmutzig werde.

Ok, ich habe gesucht und auch gefunden. Ein Spediteur suchte gerade einen Fahrer für den „Nacht-Express", wie die Anzeige in der Zeitung lautete.

Ich schaute vorbei und bekam den Job. Dort bin ich dann auch etwa acht Monate geblieben, bis es mir zu einsam wurde und auch zu langweilig. Stellt euch vor, ich sollte eigentlich nur ab und zu eine Ladung Ersatzteile fahren, aber dann wurde es immer mehr und mehr, und dann wollte ich irgendwann nicht mehr.

Eines Tages fragte mich einer meiner Kollegen, ob er mit mir fahren dürfe. Und ich sagte ja, denn dann habe ich eine Hilfe und das ist eine gute Idee. So machten wir einen Tag aus, genauer gesagt: eine Nacht, in der wir zusammen losfahren würden.

Um 3 Uhr nachmittags musste ich anfangen und das Leergut bei der ersten Firma abholen, danach ging es los nach Tirol. Ich hatte auf der Strecke etliche Waren zuzustellen und dann die Retour-Ware wieder mit nach Hause zu nehmen. Die Express-Ersatzteile musste ich beim Zurückfahren in den Werkstätten abladen. Es waren etwa acht Werkstätten.

Überall hatte ich den Schlüssel, da die Werkstätten ja in der Nacht geschlossen waren. Ich war auf dem Rückweg, dabei musste ich auch ins Ötztal rauf und dann wieder runter. Ich gab ziemlich Gas, mein zehn Meter langer LKW und ich schossen nur so dahin.

Mein Kollege sagte noch: „Du, fahr ein wenig langsamer, sonst haben wir noch die Polizei hinter uns", aber ich in meinem jugendlichen Leichtsinn antwortete: „Ich muss pünktlich zustellen, und wir müssen um 7:30 Uhr zu Hause sein. Wir haben noch sehr viel Arbeit vor uns, und es ist schon 2:30 Uhr."

Kaum hatte ich das gesagt, sah ich auch schon im Rückspiegel das Blaulicht. Kurz darauf ging die Sirene los und vor mir tauchte die rote Kelle auf. „Hab ich dir doch gesagt", brummte mein Kollege, aber ich sagte: „Nur keine Angst, sei einfach still, ok?"

Der Polizist war schon ein wenig älter. „So, Herr Fahrer, Sie sind der Express, im wahrsten Sinne des Wortes, bei 50 km/h, bei 60 km/h und bei 70 km/h bis 80 km/h. Sie fahren ja wie die Feuerwehr! Ich sagte: „Aber ich muss zustellen und habe leider nicht auf den Tacho gesehen. Tut mir leid, entschuldigen Sie! Das Auto hinter mir hat mich geblendet, da wollte ich ein wenig schneller fahren, da das Auto auch noch die Nebellichter eingeschaltet hatte." „Ja, selbst ich kann das mal vergessen auszuschalten," sagte der Herr Polizist.

„Und jetzt die Zulassung und den Führerschein bitte! Ja alles in Ordnung. So, und jetzt möchte ich Sie aber nicht mehr sehen und fahren Sie nicht mehr so schnell. Ist das Ok?" „Ja, vielen Dank," sagte ich. "Auch, wenn Express da auf dem LKW steht," sagte er noch und fuhr vor mir davon. Mein Kollege und ich stiegen ein und er sagte: „Hab ich dir doch gesagt."

„Da haben wir noch mal Glück gehabt, jetzt aber schnell." „Ja, aber nicht mehr so schnell!" Doch ich gab Vollgas, da waren wir dann auch schnell zu Hause, so gegen 6:00 Uhr.

Wir stellten den LKW an die Rampe. Der Disponent nahm noch die Papiere zur Hand und dann sagte er gute Nacht, da wir ja nach Hause gehen, um zu schlafen nach der harten Arbeit. Aber vorher gingen wir noch bei der Bäckerei vorbei, so dass wir, er für seine Kinder und ich für meine Kinder, warme Semmeln beim Hintereingang mitnehmen konnten. Den Bäcker kannte ich ja, da kaufte ich öfters im Sommer. Wenn die Türe hinten offen war, weil es in der Bäckerei sehr warm ist, bin ich frech fragen gegangen, ob wir schon Semmeln haben könnten. „Ja, selbstverständlich," sagte der Bäcker.

Als wir dann zu Hause ankamen und ich die Türe aufmachte, brauchte ich bloß die Semmeln auszupacken und ein wenig warten. Da hörte ich schon: „Oooohhh Papa ist da, er hat frische Semmeln, juchuuu!" Und alle Kinder kamen gelaufen, denn alle wollten frische Semmeln.

So, alles Gute und langsame Fahrt, euer Johann!

Polizei, bitte folgen!

Hallo ihr Freunde von Johanns Geschichten, nun kommt eine sehr lange Geschichte, obwohl, eigentlich ist sie auch sehr kurz. Ich habe bei einer Autotransportfirma angefangen, weil ich gesehen habe, wie die Fahrer mit dem Auto gekommen sind und in der Firma ein paar Meter weiter dann ein, zwei Autos abgeladen wurden. Einmal runter und dann ein zweites Mal runter. Zack, zack und alles zusammen räumen und weg.

Ich musste bei meiner damaligen Arbeit bei der Firma immer mit Mühe auf- und abladen, alles selber schichten und mit dem Hubwagen von Hand schwere Ware auf- und abladen.

Das kostete Kraft, daher dachte ich, mit Autos brauchst du ja nur Gas geben und fahren. Ohohoh, wie ich später erleben musste, war das ein kompletter Irrglaube.

Aber so weit sind wir ja noch nicht. Ich musste ja erst noch bei einer Firma, die Autos transportierte, vorbei fahren und mich vorstellen und dann auch den Job bekommen. So schnell geht das nicht, dachte ich mir. Ich wusste, einer dieser Autotransporter war in Salzburg, einer in Graz, und dann gab es noch ein paar weitere, die ich noch gar nicht kannte.

So geschah es, dass ich in Graz rein zufällig vorbei gefahren bin. Ich stellte mich gleich vor, und ja das hat sofort geklappt. Der Chef sagte, ich solle am 10.10.1998 um 10 Uhr da sein und dann könne ich anfangen, das sollte kein Problem sein.

Ich habe also meine Wohnung gekündigt, meine Habseligkeiten zusammengepackt, meine Konten und alles Mögliche gekündigt, mein ganzes Geld eingesteckt, mein Auto voll getankt. Das Auto hatte mein Sohn mir geschenkt, da ich ja kein eigenes mehr hatte, aber das ist eine andere lange Geschichte.

Ich wurde eingestellt und musste natürlich viel lernen und viel arbeiten. Dann bekam ich endlich meinen eigenen LKW, meinen Autotransporter. Ich war sehr fleißig und viel unterwegs, oft zu schnell und zu lange, aber in dieser Woche war alles Ok. Ich hatte am Abend zuvor gerade meine neun Stunden Pause gemacht, nach der Bettruhe war ich frisch und erholt unterwegs, schaute hin und her, hörte gute Musik und dachte so an dies und das.

Da sah ich plötzlich eine Polizeistreife. Auf einmal ging die Sirene und das Blaulicht an. Da ich auf einem riesigen Autobahnkreuz war, fuhr die Streife in die andere Richtung ab und ich blieb auf mei-

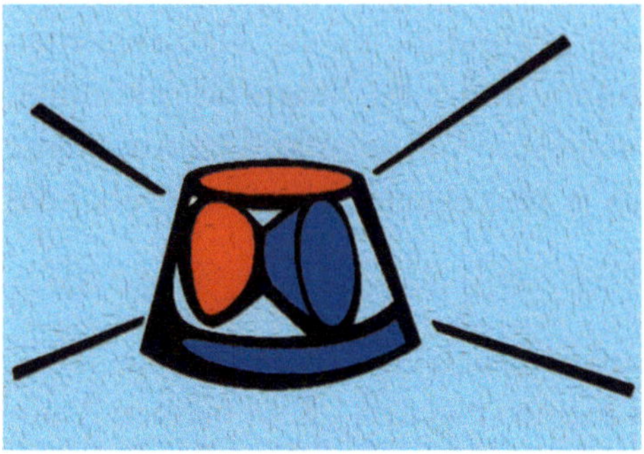

ner Spur geradeaus. „Mann, hat der es eilig, bestimmt wieder ein Unfall," dachte ich und kümmerte mich nicht weiter darum, aber dann war auf einmal schon wieder das Blaulicht hinter mir. „Oh! Was ist denn heute los? Schon wieder ein Unfall? Hoffentlich nicht vor mir", und da sah ich auch schon die Rücklichter der Streife und dass rote Licht. „Polizei! Bitte folgen!" Und dann sah ich wie die Polizisten mit der roten Kelle winkten. Oh das gibt es ja nicht, ich habe doch nichts gemacht, dachte ich und sah auf den Tacho. Nein, zu schnell bin ich auch nicht gefahren. Was war denn jetzt?

Ich folgte brav bis zum Parkplatz.

„Guten Tag! Fahrzeugkontrolle", sagte der Polizist: „Zulassung, Ausweis, Führerschein, bitte! Ja, sehr gut, alles in Ordnung."

Ich fragte: „Suchen Sie jemand?" „Nein, warum," antwortete der Polizist. „Ich war nicht zu schnell und die Pause habe ich auch gemacht." „Ja, aber lesen können Sie nicht," murmelte der Polizist. Ich sagte: „Doch, kann ich schon." „Ja, und was steht da am Auto?" Und er zeigte auf die Rückseite des Polizeiautos.

„Polizei, bitte folgen!"

„Und warum sind Sie dann nicht gefolgt? Vorhin auf dem Autobahnkreuz?"

„Oh, das habe ich gar nicht gesehen, ich dachte, Sie hätten einen Einsatz." „Ja, den hatte ich, nämlich Ihnen zu folgen und Sie wieder einzuholen!" „Aber ich habe nichts gemacht, oder?" „Nein, aber vielleicht darf ich Sie kontrollieren, oder?“ meinte der Polizist. „Ja ja, selbstverständlich, kein Problem!“ Er lachte.

„Und Ihr Kollege da?“ „Ja, das ist mein Maskottchen,“ antwortete ich. „Oh, sagte er.“ Ich sagte: „Ja, der ist in der Nacht der zweite Fahrer, dann schauen Ihre Kollegen nicht so genau, da wir ja zu zweit sind!“ Der Polizist sagte: „Jetzt ist es aber genug! Machen Sie, dass Sie weiter kommen! Gute Fahrt!“ Mit „Danke“ und er „Auf Wiedersehen“ setzte ich meine Fahrt fort.

Euer Johann wünscht euch alles Liebe und eine gute Fahrt!

Polizei und Schule

Als ich damals auf den Bus umgestiegen bin, hatte ich im Fernverkehr schon viele Kontrollen und Begegnungen mit der Polizei erlebt.

Ich habe angefangen und musste Linie fahren, von 4 Uhr bis12 Uhr. Das machte ich eine Woche und dann eine andere Woche von 7 bis 15 Uhr. Und die nächste Woche wieder mit anderen Zeiten, und dann noch mal mit erneut anderen Zeiten.

So wiederholte sich das alle 4 Wochen, immer auf der gleichen Zeit zu fahren. Ich war wieder einmal für die erste Schicht eingeplant und da wurde ab und zu natürlich auch mal einer der Kollegen krank, daher waren wir immer im Dauereinsatz und mussten sogar auch mal Schüler fahren. Da ich den Führerschein für den Bus noch nicht lange hatte, den LKW- und den PKW-Führerschein hatte ich ja schon ziemlich lange, aber den für den Bus erst seit Kurzem.

Eines Tages kam ich zu Beginn meiner Schicht in die Firma, und da kam der Chef und rief mich: „Johann, rauf ins Büro!“ Ich denke, oho, was ist denn jetzt? „Habe ich etwas falsch gemacht?“ „Nein,“ er sagte nur: „Du musst gleich den Bus mit der Nr. 58 nehmen und in die Volksschule fahren.“ Das war in der Gemeinde zwei Ortschaften weiter weg, es war nicht weit, vielleicht 10 Kilometer. „Aber schnell bitte, die haben gleich Schule aus,“ sagte der Chef.

„Schnell bitte!“ und ich sputete mich.

Ich nahm den dafür vorgesehenen Bus und fuhr, so schnell ich konnte. Natürlich beachtete ich nicht die Geschwindigkeitsbeschränkung, die in der Ortschaft Vorschrift ist. Ohhh! Da stand plötzlich ein Polizist, ich bremste. Ohhh, jetzt bezahle ich Strafe, dachte ich. Aber ich hatte Glück, mir fiel ein Stein vom Herzen, denn es war nur ein Foto von einem Polizisten auf Pappkarton.

Gott sei Dank! Und so hatte ich dann kein Problem mehr und konnte die Kinder rechtzeitig abholen und nach Hause fahren.

Das war eine Rasselbande und keiner von den Fahrern wollte diese schlimmen Kinder mit dem Bus abholen. Nun, das habe ich gleich beim ersten Mal gemerkt und mir war auch klar warum.

Als ich in die Firma kam, lamentierte ich über diese Bande. Der Chef sagte: „Ja, da schicken wir ab und zu die Polizei vorbei, die Kinder sind so schlimm.“

Er bat mich, die Kinder am nächsten Tag noch einmal abzuholen. Ja, ok! Was konnte ich da sagen?

Ich fuhr am nächsten Tag mit dem Bus wieder in Richtung Schule, da stand der Papppolizist wieder. So meinte ich zumindest und wollte vorbeifahren. Doch plötzlich bekam ich die rote Kelle, da bin ich so erschrocken, denn der war ja echt! Das Original und nicht aus Pappe.

Oh je, das wird teuer, dachte ich mir, aber ich bin ja unschuldig, und so sagte ich das auch, als der Polizist von mir den Führerschein und die Zulassung wollte. „Was habe ich denn falsch gemacht?"

„Na, Herr Fahrer, auch Busfahrer müssen die Geschwindigkeiten einhalten." „Aber Herr Polizist, ich muss die Kinder von der Schule holen, die haben gleich aus." „Ja, ich sehe, Sie haben noch nicht lange den Busführerschein. Gut, dann bin ich nochmals gnädig, aber nächstes Mal langsamer," sagte der Polizist, und so war ich froh, dass ich dann doch noch rechtzeitig ankam, um die Kinder abzuholen.

Aber diesmal war die reinste Hölle los, die Kinder waren irre. Schultaschen flogen von hinten nach vorne, so dass ich anhalten musste und einen lauten Pfiff nach hinten ertönen ließ. „Hallo! Seid ihr närrisch? Sitzen bleiben, und gerauft wird da nicht!" rief ich und fuhr weiter. Aber nach ein paar Metern ging es schon wieder los. Da blieb ich noch mal stehen und rufe: „Sitzen bleiben, sonst passiert was!" Die Kinder riefen durcheinander: „Pläää" und „Puuu" und „Das interessiert uns nicht." Da war ich aber wild und fuhr weiter, gab richtig schnell Gas. Alle rauften, rannten im Bus auf und ab, die Schultaschen lagen durcheinander und flogen in der Gegend herum. Da schaute ich in den Rückspiegel, um sicherzustellen, dass hinter mir keine Autos waren, und dann machte ich eine Vollbremsung.

Somit flogen nicht nur die Schultaschen, sondern auch die Kinder durch die Gegend. Viele Kinder und Schultaschen und alles durcheinander, alles bei mir vorne aufgetürmt.

Ich öffnete die Tür und schaltete die Warnblinkanlage ein. Einige Kinder stürzten aus dem Bus. Jetzt sagte ich: „Ich habe euch gesagt, es passiert was, soll ich das noch mal machen oder setzt ihr euch jetzt hin?“ Alle die raus gefallen waren, stiegen wieder ein und setzten sich artig hin, keiner stand mehr und alle sagten beim Aussteigen brav „Auf Wiedersehen“.

Etwa eine Woche oder so später kam einer meiner Kollegen und fragte: „Du bist doch letzte Woche in die Schule gefahren, oder?“

„Ja, warum?“ antwortete ich. „Was hast du mit den Kindern gemacht?“ „Ich habe nichts gemacht,“ klang meine Antwort. „Warum sind die Kinder jetzt so brav? Sitzen immer hin, streiten nicht mehr und Schultaschen fliegen auch keine mehr herum.“

„Was hast du gemacht?“

„Ich bin aufgestanden und habe einen lauten Pfiff von mir gegeben, davon haben sich alle so erschrocken und waren auf der Stelle ganz brav.“

„Das glaube ich nicht,“ sagte mein Kollege. Ja, ich auch nicht, aber ich habe es ihm nie erzählt.

Liebe Grüße, euer Johann!

Als die Fahrer noch kein Navi hatten!

Ich bin oder war Fernfahrer. Das ist schon lange her. Damals hatten wir noch kein Navigationsgerät im LKW.

Ich war damals neu in der Firma und lernte gerade, mit dem Anhänger zu fahren. Ich war auch noch nie im Ausland gewesen, und die Firma schickte mich in die Schweiz nach Basel. Ich hatte eine Schweizer Landkarte dabei, ich lud meine Waren auf und fuhr an die Grenze, da ging es schon los. An der Grenze war ziemlich viel Betrieb, ich musste warten und danach zum Spediteur gehen, der mir die Ware verzollen musste.

Danach konnte ich losfahren und an allen Orten, die ich auf der Liste hatte, meine Waren abladen, etwa vier oder mehr Kunden musste ich beliefern.

Nach langer Fahrt machte ich dann mal Pause und besorgte mir etwas zum Essen. Viel Geld hatte ich nicht dabei, die Schweiz war damals ja schon teuer. In Österreich hatten wir damals noch den Schilling. Um einen Schweizer Franken kaufen zu können, brauchte man mehr als acht Schilling. Aber mit einem einzigen Franken konnte man ja auch nichts kaufen, oder sagen wir mal, nicht besonders viel.

Allmählich erreichte ich den Spediteur in Basel, doch da angekommen, musste ich auch wieder sehr lange auf die Ware für die Retourfahrt warten.

So vergingen viele Stunden, aber Ok, das war dann eben meine Pause. Ich musste ja auch meine Fahrzeiten und meine Pausen einhalten. Von Basel aus zurück brauchte ich etwa 2,5 Stunden. Dann, so gegen 17:30 Uhr abends, war es dann endlich soweit.

Ich konnte losfahren. Ich hatte mir beim Hinfahren den Weg ein wenig gemerkt und so war ich in der richtigen Richtung unterwegs. Ich schaute natürlich auch auf die Wegweiser, die oberhalb der Straße angebracht waren. Doch weil ich ja noch nicht so viel Routine hatte, musste ich mich während der Fahrt auch noch um die Schaltung und die Länge des LKWs mitsamt dem Anhänger kümmern, das ist nicht so einfach wie es aussieht.

Und jetzt passierte mir ein kleiner Fehler. Als ich in der äußeren linken Spur war, übersah ich, dass die Abbieger nach Zürich rechts fahren müssen. Eine Spur hätte ich leicht wechseln können, aber drei war zu gefährlich in dem Verkehr, der schon eingesetzt hatte.

Auf der Gegenseite waren zwei Spuren, wovon eine rechts abbog und zwei geradeaus in die andere Richtung führten. Und die

Spur, auf der ich stand, führte geradeaus zur Deutschen Grenze. Da hin wollte ich aber gar nicht.

Jetzt war guter Rat teuer, ich wollte nicht Strafe zahlen, da ich kein Geld mehr hatte, oder nur noch Schillinge. Da machte ich eine ganz schnelle Kehrtwendung, aber noch bevor ich grün hatte, schon bei gelb, gab ich Gas und drehte um und fuhr zurück, da ich beim Hinfahren gesehen hatte, dass da eine Ampel war, an der ich nochmals drehen konnte, um dann die rechte Spur zu nehmen, damit ich nach Zürich gelangen konnte.

Aber oh je, das hatte ich fast befürchtet! Die Polizei, das Blaulicht, die Sirene und die rote Kelle, das war nicht gut und würde mich Zeit kosten, dachte ich. Und es könnte jetzt teuer werden.

„Guten Abend," sagte der Herr Polizist, „das ist jetzt aber teuer, das kostet jetzt 100 Schweizer Franken". Ich sagte: „Nein". „Aha, und warum nicht?" „Ich habe nichts gemacht." Der Polizist: „Doch, Sie sind bei rot gefahren." Ich: „Nein." „Dann sind Sie links abgebogen, obwohl das Abbiegen verboten ist." Ich: „Nein." „Dann haben Sie umgedreht, obwohl es verboten ist." Ich sagte: „Nein." Der Polizist: „Das ist nicht möglich, etwas haben Sie gemacht." Dann sagte er: „Ja, ok."

„Der Kollege fährt zurück, um zu schauen, was Sie falsch gemacht haben." Er kontrollierte meinen Pass, meine Zulassung, meinen Führerschein und dann sagte er: „Sie fahren aber noch nicht lange mit dem LKW?" „Nein," sagte ich, „bin auch das erste Mal im Ausland und Geld habe ich auch keines mehr." Da lachte er und sagte: „Der Kollege kommt gleich wieder."

Ich wusste schon, was ich da falsch gemacht hatte, aber das muss ich dem Polizisten ja nicht auf die Nase binden. Den Vorgang kenne ich in und auswendig in allen Varianten, und da muss ich auf der Kreuzung nicht schauen und nicht studieren, das geht so schnell.

Aber die Polizei darf natürlich meinen Trick nicht machen, der Kollege musste die Spur wie vorgeschrieben entlang fahren nach Deutschland und dann irgendwo drehen und zurückkommen. Darum hat sein Kollege ja auch auf die Uhr gesehen, wo der Kollege wohl bleibt. Das hatte ich ja auch vermutet, dass das länger dauert und der Kollege nicht so schnell da sein wird. Haha, dann endlich kam der Kollege zurück.

Nach einem kurzen Moment kam der Polizist wieder und sagte: „Ok, Herr Fahrer, es ist nicht offensichtlich, was Sie falsch gemacht haben, es ist auch nicht angezeigt, dass man nicht umdrehen darf, das werden wir noch reklamieren, dass da eine Tafel hin kommt." Ich sagte: „Und jetzt kann ich fahren?" „Ja, Ok, aber nicht noch mal so umdrehen." „Bei der Ampel darf ich aber, oder?" „Ja, aber aufpassen, bitte nur, wenn kein Auto mehr kommt. Und noch gute Heimfahrt und das auch nicht zu schnell bitte!" Er sagte noch: „Auf Wiedersehen." Ich sagte: „Ja, danke!" Und weg waren die beiden und ich auch.

Liebe Grüße von der Straße, euer Johann!

Bua geht auf große Fahrt

Hallo liebe Kinder und Freunde von Johann, dem Fernfahrer!

Ich bin das Maskottchen von Johann und werde Bua genannt. Schon seit Jahren begleite ich ihn auf jeder seiner Reisen. Zusammen bereisten wir schon viele ferne Länder. In seinem großen Lastkraftwagen transportiert Johann große Ladungen über weite Entfernungen hinweg.

Bei unseren gemeinsamen Abenteuern durfte ich schon sehr viel von ihm lernen. Schnell war mir bewusst, dass im Straßenverkehr gefährliche Situationen auftreten können, deshalb brachte mir Johann viel über das richtige Verhalten im Straßenverkehr bei. Deshalb trage ich immer die orange Warnweste, wenn ich irgendwo den LKW verlassen muss. Die auffällige Farbe macht mich bei jedem Wetter gut erkennbar und die Reflektorstreifen leuchten so schön hell, sobald ich angestrahlt werde. Jeder kennt diese Streifen auch von Schultaschen, diese sollen für zusätzliche Sicherheit auf dem Schulweg sorgen. Natürlich muss auch ich darauf achten, für alle Verkehrsteilnehmer gut erkennbar zu sein. Ich bin nämlich nicht besonders groß, darum möchte ich nicht, dass man mich übersieht. Somit wurde meine orange Warnweste zu meinem persönlichen Markenzeichen.

Eines Tages beschloss Johann, seinen Sohn Peter mit auf die Reise zu nehmen, das freute mich sehr. Mit Peter war es immer lustig und ich konnte mich mit ihm herrlich unterhalten. Es gab so viele Dinge, die ich Peter unbedingt zeigen wollte.

Nun hatte ich endlich die Gelegenheit dazu. An einem sonnigen Morgen, gleich nach dem Frühstück, fuhren wir zum großen Parkplatz, um den LKW reisefertig zu machen. Alles an diesem Gefährt muss seine Ordnung haben, bevor es losgehen kann. Peter durfte zusehen, wie sein Papa Johann die Werte vom Tachoblatt notierte. Das Fahrzeug misst stets den Kilometerstand, sodass man ablesen kann, wie viele Kilometer das Ding bereits abspulte. Es gibt aber noch den sogenannten Tageskilometerzähler, der am Beginn der Fahrt auf null gestellt werden kann. Johann machte noch die letzten Überprüfungen am LKW und kontrollierte die Tankfüllung. Bei der Abfahrt war der Hänger leer, weil Johann den Auftrag hatte, in Italien neue Ware zu holen, die er nach Österreich bringen sollte. Peter sah seinem Vater ganz genau zu, schließlich will er ja selbst einmal Fernfahrer werden. Johann forderte uns auf einzusteigen und ich zeigte Peter sogleich die Koje.

Eine spannende Reise nahm ihren Beginn.

Johann fuhr nun endlich auf die Autobahn in Richtung Süden, schon nach wenigen Kilometern erreichten sie die erste Baustelle. Trotz der Unannehmlichkeiten, die Baustellen mit sich bringen, sind sie wichtig, weil nach deren Fertigstellung der Verkehrsfluss deutlich verbessert ist. Das heißt, dass alle Verkehrsteilnehmer davon profitieren. Eine neue, gerade Fahrbahn ohne Risse, Spurrillen und Unebenheiten gewährleistet sicheren Verkehr und besseres Vorankommen.

Diesmal ging die Reise trotz Baustelle zügig voran und nach drei Stunden Fahrzeit erreichten die drei Trucker Johann, Peter und Bua die Grenze.

Da Italien ein EU-Land ist, konnten sie ohne Grenzkontrolle in das fremde Land einreisen. Für die Benutzung der Autobahn ist von allen Verkehrsteilnehmern eine Maut zu bezahlen. Dieses eingenommene Geld wird für die Sanierung der Autobahnen verwendet. Als LKW-Fahrer, der die Autobahnen sehr oft benutzt, hat man einen sogenannten Telepass, der automatisch über einen Sensor mit dem LKW verbunden ist. Somit entstehen der Speditionsfirma Kosten für die gefahrene Strecke. Nach mehreren Stunden Fahrt waren die beiden Trucker schon recht hungrig und blieben bei einer Raststätte stehen, um etwas zu essen und um sich ein wenig die Beine zu vertreten. Das Maskottchen Bua blieb derweil im LKW, um darauf aufzupassen.

Peter stärkte sich mit einem großzügig belegten Weckerl und Orangenlimonade, während Johann seinen Cappuccino genoss. Als Draufgabe gab es für alle noch ein leckeres Eis. Peter erzählte seinem Freund Bua, dass er von einem Gast ein zweites Eis spendiert bekam.

Es begann allmählich zu dämmern, also beeilten sich die Freunde, rechtzeitig das Unternehmen in Milano zu erreichen. Peter, der an das Leben auf der Straße noch nicht so recht gewöhnt war, legte sich zum Schlafen in die Koje.

Bis weiter nach Venedig ließ das ruhige Verkehrsaufkommen ein zügiges Vorankommen zu. An der Mautstelle vor Mailand, fuhr Johann ganz langsam, damit der Telepass den LKW erfassen konnte. Auf der Autobahn war nun wieder mehr los, ein italienischer Automobilhersteller hatte gegen 2 Uhr nachts gerade Schichtwechsel, sodass sich viele Arbeiter auf den Weg nach Hause machten. Johann erwartete auf der Mailänder Stadtautobahn zähflüssigen Verkehr. Genau so war es auch, der Stau kostete die drei Burschen wertvolle Minuten. Inzwischen war Peter aufgewacht und schlich sich leise an Johann heran. Als er ihm plötzlich von hinten die Augen zu hielt, konnte Johann nichts mehr sehen, was in einer Katastrophe hätte enden können.

„Oh Gott, Peter, was machst du?“ rief Johann erschrocken und riss schnell Peters Hände von seinen Augen. Auch Peter erschrak und Bua hatte sich vor lauter Angst in der Decke verkrochen.

Auf allen Seiten fuhren Autos und LKWs und das auch noch in der Nacht.

Alle drei Insassen waren geschockt, zum Glück konnte Johann noch Schlimmeres verhindern, trotzdem schimpfte er mit Peter. Aber Peter erwiderte nur, dass sein Vater Johann auch keine Nerven mehr habe.

Peter wollte nichts Böses, er hatte lediglich einen kleinen Spaß machen wollen. Dieses Spiel hieß im Kindergarten: „Welches Engelein steht hinter dir?" Das hatte natürlich nichts in einem fahrenden LKW verloren. Schließlich war es doch das Schutzengelchen, das den LKW auf der Reise ständig begleitete. Bestimmt hatte es auch heute einen schwerwiegenden Unfall verhindert.

Johann wusste natürlich als erfahrener Fahrer, welche Gefahren auf den Straßen lauern und erklärte Peter, wie wichtig es ist, immer die Fahrbahn im Blickfeld zu haben. Jeder Trucker hat einen Schutzengel, davon ist Johann überzeugt. Das hier ist dein persönlicher Schutzengel, male ihn nach deinen Vorstellungen an.

Zum Glück war nichts passiert, alle drei konnten wieder erleichtert lachen. Von dem Schrecken und auch von der langen Fahrt waren die drei Männer sichtlich müde, Johann erreichte endlich das Firmengelände und parkte den LKW ein. Alle verkrochen sich in der Koje und schliefen zufrieden ein. Damit es am nächsten Tag wieder mit vollem Elan weitergehen kann, ist ausreichender Schlaf eines der wichtigsten Werkzeuge für einen Trucker, schließlich muss dieser stets ausgeschlafen und wachsam sein, sobald er hinter dem Lenkrad Platz nimmt. Deshalb sind die Ruhezeiten für LKW-Lenker streng einzuhalten. Insgesamt darf Johann acht Stunden pro Tag einen LKW lenken, mit einer Pause nach gefahrenen vier Stunden. Danach braucht er eine Ruhezeit von neun Stunden.

Sowohl Fahrer, als auch LKW müssen sich in einwandfreiem Zustand befinden, bevor eine Fernfahrt losgehen kann. Der Wecker klingelte um 07:30 Uhr, für die Autobahncowboys begann ein neuer Tag.

Johann machte sich gleich nach dem Aufstehen an die Arbeit, Peter und Bua mussten in der Koje bleiben, weil es für sie auf dem Firmengelände zu gefährlich war. Johann hatte eine schwere und wertvolle Fracht zu laden, er transportierte nämlich Autos. Er kam schon viel herum in der Welt und verlud Autos in sämtlichen europäischen Ländern. Peter sah Johann beim Laden vom Fenster aus zu. Zum Schluss machte Johann einen Kontrollgang um den LKW herum, alle Gurte mussten festsitzen, damit sich während der Fahrt keines der Autos am Hänger bewegen konnte. Nachdem Johann die Frachtpapiere ausgehändigt bekommen hatte, konnte die Heimreise beginnen. Obwohl es für Peter die erste LKW-Reise war, freute er sich schon wieder auf daheim. Die Mägen knurrten schon nach kurzer Fahrt, also steuerte das Trio die nächstgelegene Raststätte an.

Bitte denkt stets daran, dass Trucker Tag und Nacht für euch unterwegs sind, um euch mit dem zu versorgen, was ihr täglich für das Leben braucht. Dazu zählen eure Nahrungsmittel, Spielzeuge, Elek-

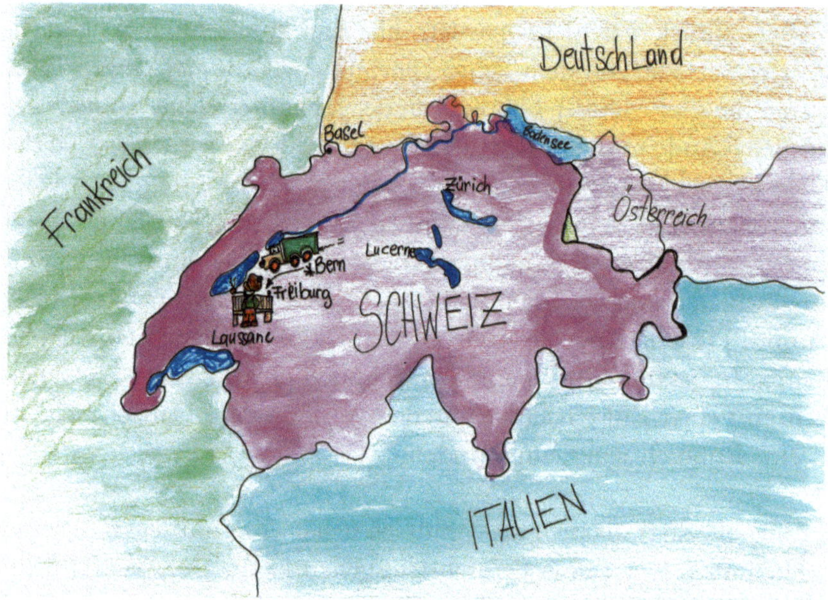

trogeräte und viele weitere Güter des Alltags, welche aus der ganzen Welt heran transportiert werden.

Die Waren haben oft eine sehr lange Reise hinter sich, bevor sie beim Endverbraucher ankommen. Man denke beispielsweise an Neuwagen aus den USA, die eine sehr weite Reise hinter sich haben, bis wir sie in unsere Garagen stellen können.

Einen LKW sicher zu lenken, ist eine sehr verantwortungsvolle Aufgabe, deshalb muss dafür ein eigener Führerschein gemacht werden. Im Arbeitsalltag müssen Trucker sehr oft kühlen Kopf bewahren, um in brenzligen Situationen richtig reagieren zu können. Schließlich müssen sie jede schwierige Aufgabe sicher bewältigen. Ein LKW ist der stärkste Verkehrsteilnehmer, der bei einem etwaigen Unfall sehr großen Schaden anrichten kann. Darüber weiß jeder Fahrer selbstverständlich Bescheid.

Deshalb sind gerade Lastkraftwagenfahrer besonders vorsichtig und rücksichtsvoll und passen im Straßenverkehr besonders auf euch Kinder auf.

Die großen Brummer sind Tag und Nacht für unser Wohl unterwegs, bestimmt hast du schon viele gesehen, wenn du mit deinen Eltern im Auto unterwegs warst.

Nach einem weiteren langen Tag auf der Straße sah Peter am Abend endlich wieder vertraute Landschaft. Außerdem freute er sich sehr auf sein Bett, denn so richtig bequem war die enge Koje nicht. Daheim in Graz angekommen, parkte Johann den LKW auf dem Firmengelände, die Arbeit war soweit getan. Der Platzwart kontrollierte noch den LKW inklusive der Ladung, im Anschluss wünschte er den drei Truckern noch ein schönes, erholsames Wochenende. Johann fragte Peter nach seiner Meinung bezüglich der Reise. Er konnte Vieles an Erfahrung mitnehmen, zudem wurde sein Interesse an diesem Job noch größer als es ohnehin schon war.

Abschließend war er sich ganz sicher, dass auch er einmal mit dem LKW quer durch Europa reisen werde.

Und wer weiß, vielleicht begleitet ihn später auch einmal einer seiner Söhne? Aber auf jeden Fall möchte er den kleinen Bua auf seinen Fahrten dabei haben. Dann werden alle Leute, die seinen Vater kennen, gleich wissen, wer da unterwegs ist und ihnen so freundlich zuwinkt.

Der glückliche Franzose

Hallo meine Freunde von Johanns Geschichten, das ist wieder einmal eine wahre Geschichte, aus der Eltern und Kinder lernen können, so wie auch ich.

Wir wollen heute lernen, dass Geben seliger ist als Nehmen, so wie Jesus gesagt haben soll!

Die heutige Geschichte trug sich zu, als ich in die Französische Schweiz fahren musste. Unsere Firma hatte in Bern in der Schweiz einen Auftraggeber, der brauchte immer wieder einen oder

mehrere LKWs, um Ware vom Kühlhaus zu den Supermärkten zu fahren, oder vom Bauern in die Kühlhäuser, oder einfach von kleinen Bauern zum Großverteiler in Bern. So musste ich nach Fribourg fahren. Dort suchte ich auf der Karte nach dem Ort. Ok, jetzt müsste ich doch da sein.

Da sah ich einen alten Mann auf einer Bank vor dem Haus. Ich blieb gleich stehen und stieg aus. „Guten Morgen," sagte ich auf Französisch, das konnte ich schon, mehr leider nicht. Ich zeigte ihm einen Abholschein, da stand der Name der Firma drauf und die Adresse, wo ich hin musste. Er war sehr höflich zu mir und mühte sich ab, mir den Weg zu erklären und deutete und sagte was auf Französisch.

Nun, ich verstand nur Bahnhof, er machte mir aber mit Händen und Füßen klar, dass er mitfahren wolle, um mich hin zu bringen. Oh ja, das ist gut, dachte ich mir, und er deutete mir, er wolle einsteigen. Ok, ich half ihm, in den LKW auf der Beifahrerseite einzusteigen und dann ging es los.

Er winkte mir, dass ich weiter geradeaus fahren solle, etwa 1 km, dann machte er eine Bewegung, damit ich langsamer fahren sollte, dann winkte er mich nach links, dann geradeaus wieder 500 Meter. Nicht weit danach winkte er wieder nach links, dann wieder etwa 1 km, und schließlich winkte er schon wieder nach links. So fuhr ich einmal um ein kleines Viertel und dann sagte er stopp.

Ich sah, dass ich da war, wo ich den Alten einsteigen ließ. Ich dachte, du schlimmer Alter, du hast mich doch veräppelt. Ich sagte: „Nein, das kann nicht sein," aber er sagte: „Ja" und deutete mir, dass ich aussteigen möge. Ich half ihm auch auszusteigen und dann deutete er nach oben und da stand der Name der Firma. Ja! Ok, aber jetzt lachte er und war so glücklich. Er bedankte sich hundert Mal und holte den Chef der Firma. „Ohhh," sagte der Chef, „du Papa, bist du schon wieder mit gefahren?"

„Sind Sie eine Runde mit Papa gefahren?" fragte der junge Chef. „Ja," sagte ich. „Er ist dreißig Jahre für uns gefahren," sagte nochmals der junge Chef. „Er ist sehr glücklich, wenn er in einen LKW einsteigen kann." „Ich habe es gemerkt," sagte ich. „Vielen Dank, dass Sie das gemacht haben," sagte der junge Chef zu mir, „die meisten kennen ihn ja schon, aber ab und zu findet er wieder einen, den er erwischen kann, um eine Runde fahren zu können." „Schimpfen Sie nicht mit ihm. Das habe ich gern gemacht."

Ja, der Alte lachte, er war so glücklich, dass er schon beinahe einen Heiligenschein aufsetzte, so glücklich habe ich noch nie eine Person gesehen.

So, das ist eine kurze und wahre Geschichte von eurem Johann.

Geben ist seliger als Nehmen.

Euer Johann!

100 Stundenkilometer und keine freie Sicht!

Hallo meine Freunde von Johanns Geschichten. Wenn ihr diese Geschichte hört, werdet ihr sagen, das ist nicht möglich, dass ein erwachsener Mensch dermaßen gedankenlos sein kann. Doch seht selbst, ob diese Geschichte so wahr ist, wie ich behaupte.

Wenn ich daran zurückdenke, bekomme ich jetzt noch fast einen Herzinfarkt vor Schreck, so unglaublich ist diese Geschichte. Und das alles, wegen ein Paar Frankfurter Würstchen oder Wienerle, wie wir sagen. Doch hört zu!

Ich hatte den Busführerschein gemacht und ein Kollege fragte mich, ob ich eine Ablösefahrt nach Spanien machen könnte, denn ein Fahrer, der den Bus nach Spanien gefahren hatte, musste seine Ruhezeit einhalten und durfte ihn nicht wieder nach Hause fahren. Meine Aufgabe bestand darin, den Fahrer und seinen Bus nach Hause zu holen. Ich sollte also einfach nur am Freitag hinfahren und am Samstag wieder zu Hause sein. Dafür würde ich 1000 Schillinge bekommen, was damals für mich in Österreich viel Geld war. Heute gibt es den Österreichischen Schilling nicht mehr, weil wir jetzt auch den Euro haben.

Ich fuhr also von Feldkirch bis an die spanische Grenze. Dort übernahm der Fahrer wieder seinen Bus und wir wechselten die Seiten und fuhren mit dem Heimkehrer zurück. Der Fahrer, der bis Feldkirch gekommen war, saß dann zum Einweisen bis auf die Autobahn in der Schweiz neben mir, um mir seinen Bus zu erklären und den Weg zu zeigen. Dann legte er sich im hinteren Teil in sein Kajütenbett und ich fuhr Richtung Zürich weiter.

Wir fuhren also mit mehreren Fahrzeugen hintereinander und ich sollte hinter ihnen herfahren, weil ich den Weg nicht kannte. Richtung Zürich musste ich schön Gas geben, denn die anderen vor mir fuhren recht zügig. Ich musste schauen, dass sie mich nicht versehentlich abhängten. Nach Zürich kam ein Tunnel. Doch bevor wir den Tunnel erreichten, kam eine Dame aus dem hinteren Teil des Busses zu mir nach vorne und fragte: „Hallo mein Lieber, sind Sie hungrig und möchten Sie vielleicht ein paar Würstchen?“ „Oh ja, bitte!“ sagte ich. „Gut, ich bringe sie Ihnen gleich.“

Wir waren mit 100 Stundenkilometern unterwegs, es war bald Mittag und es gab viel Verkehr auf der Straße. In wenigen Metern würden wir den Tunnel erreichen und ich schaltete gerade die Scheinwerfer an, damit ich im Tunnel besser sehen konnte. Genau

in dem Moment kam die riesengroße, korpulente Dame mit den Würstchen zu mir nach vorne, fand nur einen einzigen Platz, wo sie diese hinstellen konnte, nämlich auf meiner linken Seite an der Fahrertür. Daher sagte sie: „So, die Würstchen sind fertig!" und beugte sich direkt vor meinen Augen über das Lenkrad rüber, so dass ich nicht mehr sehen konnte, wo wir hin fahren, weil sie mit ihrem Körper meine Sicht nach vorne verdeckte.

Wir waren mit 100 Stundenkilometern und 50 Personen im vollbesetzten Bus in einem Tunnel unterwegs, vor und hinter mir waren LKWs und überall waren Autos mit Scheinwerfern, die man in dem Halbdunkel nicht gut erkennen konnte. „Um Himmelswillen nein!" schrie ich und stemmte mich mit all meiner Kraft dagegen, aber ich konnte nichts tun, außer das Lenkrad so gut es ging festzuhalten und ein wenig vom Gas und auf die Bremse zu gehen, so dass der hintere Verkehr sah, dass ich langsamer werde und mir nicht zu dicht auffährt. Ich wollte schon hupen, aber da ging das Licht wieder an und ich hatte wieder Sicht. Das Ganze hatte nur Sekunden gedauert, aber die waren mir wie eine Ewigkeit vorgekommen.

Die Dame, die gar nicht mitbekommen hatte, welchen Gefahren sie uns alle durch ihre Unachtsamkeit ausgesetzt hatte, wünschte fröhlich: „Guten Appetit!" und setzte sich wieder im hinteren Teil des Busses auf ihren Platz.

Die Fahrt nach Bern verlief dann reibungslos und wir machten dort eine Viertelstunde Pause, danach ging es weiter nach Genf und nach Lion in Frankreich und weiter an die spanische Grenze. Dort packten wir Fahrer unsere Sachen, rannten auf die andere Straßenseite, wo die Rückreisewilligen schon auf uns warteten. Wir stie-

gen ein und fuhren auf demselben Wege zurück, wie wir gekommen waren, nur diesmal bei Nacht.

Meine Freunde, greift niemals einem Busfahrer ins Lenkrad oder stellt ihm was auf die Fensterseite zum Essen hin. Das könnte tödlich ausgehen, nicht nur für euch, sondern auch für viele andere. Danke, dass ihr einem Busfahrer niemals die Sicht versperrt!

Das war wieder eine wahre Geschichte, die ich erlebt habe. Kurz und nun zu Ende, aber ich habe noch viele solche Erlebnisse gehabt und werde noch einige davon erzählen. Und solange ich mit dem Bus unterwegs bin, werde ich noch viele weitere Geschichten erleben, von denen ich euch dann gerne berichte.

Bis zum nächsten Abenteuer, euer Johann!

Als ich meinen LKW-Führerschein gemacht habe und den ersten Job bekam

Oh mein Gott, liebe Freunde, das war alles andere als einfach! Ich musste ja arbeiten und hatte keine Zeit zum Lernen. Dann musste ich mich ja auch noch um meine Familie kümmern, da meine zwei Kinder erst 5 und 6 waren. Bei meinem ersten Prüfungsversuch konnte ich nicht alle Fragen beantworten, also musste ich noch einmal kommen. Es war kurz vor Ostern und es lag auch noch ein wenig Schnee auf den Straßen.

Oh je, ich hatte wieder denselben Prüfer wie beim ersten Versuch, doch diesmal saßen wir zu zweit in einem Raum, in dem er uns befragte. Der andere, der mit mir geprüft wurde, war ein Student, der alles auswendig konnte. Das war mein Glück. Er antwortete und ich sollte das dann näher erklären. Ok, ich wiederholte genau das, was der Student zuvor gesagt hatte. Da sagte der Prüfer: „Ja, das hat er ja schon erklärt.“ Und zum Studenten sagte er: „Mach du weiter.“

Die erste Frage hatte ich also geschafft. Dann kam wieder der Student an die Reihe und erklärte so perfekt, dass der Prüfer begeistert war und zu mir sagte: „Sehen Sie, so geht das!“ Dann plapperte ich wieder einiges nach, was der Student schon gesagt hatte, und so ging es noch eine Weile weiter, bis der Prüfer sagte: „So, Schluss! Jetzt machen wir die praktische Fahrprüfung mit dem LKW. Hoffentlich fahren Sie nicht so, wie Sie die Fragen beantworten!“

Wir gingen also zusammen mit unserem Fahrlehrer zum LKW-Parkplatz. Er sagte, wir sollten uns beeilen, denn wir müssen noch ankoppeln, da wir ja die Prüfung mit Anhänger machen sollen. Der Fahrlehrer sagte: „Steig ein und lass den Motor laufen, damit die Luft schon voll ist, damit wir gleich losfahren können."

Als der Prüfer mit den Fahrschülern kam, stiegen wir alle ein. Ich saß am Lenkrad, der Fahrlehrer neben mir und der Student hinter dem Prüfer. Der Prüfer sagte: „Fahren Sie bitte rauf bis zur Brücke, dann drehen Sie um und fahren durch den Tunnel wieder zurück." Damit hatte ich überhaupt kein Problem, denn ich war ja schon mit Pritschenautos auf den Baustellen gefahren. Und auch mit Anhängern und Kompressoren hatte ich schon Erfahrung. Ich machte alles richtig, blinkte ordnungsgemäß, schaute rechts und links in den Spiegel und fuhr wieder zum Ausgangsort zurück.

Nun war der Student an der Reihe. „Fliegender Wechsel bitte, wir haben keine Zeit zu verlieren." Der Prüfer hatte es eilig. Der Student nahm das Lenkrad in die Hand und wollte wegfahren. Da brüllte der Prüfer: „Blinken! Nein! Oh, ausholen! Wollen Sie den Fußgänger töten? Abstand halten! Wollen Sie in den Graben fahren?" So ging es die ganze Zeit weiter, bis wir wieder am Ausgangsort waren. Oh je, das war nicht gut!

Der Fahrlehrer griff sich an den Kopf. Da sagte der Prüfer zu uns: „Ok, Glückwunsch! Euch beide will ich nicht noch einmal sehen, aber nur weil Ostern ist. Und noch eins," dabei zeigte er auf mich, „hättest du technisch so viel gewusst wie er," und er zeigte auf den Studenten, „und wenn du so gut gefahren wärst, wie er" und er zeigte wieder auf mich, „ja dann hätte ich nicht beide Augen und die Hühneraugen an Händen und Füßen zudrücken müssen. Doch jetzt frohe Ostern!"

Und weg war er. Der Fahrlehrer musste mit uns noch was besprechen und sich auch noch verabschieden. Wir haben dann ein wenig gefeiert, als wir in der Fahrschule zurück waren, und gelacht. Das war am Mittwoch. Schon am Freitag konnte ich den nagelneuen LKW-Führerschein abholen.

Danach ging ich sofort in meine Firma und habe gekündigt, weil ich mich am Donnerstag bei einer anderen Firma beworben und auch gleich die Einstellung bekommen hatte. Den Führerschein sollte ich dann am Montag vorbeibringen, und das habe ich auch gemacht. Sofort wurde ich dem Maschinisten und den Kollegen vorgestellt.

Das war eine große Baufirma und ich musste lernen, mit dem Betonmischer zu fahren. Der war zweimal so groß und so schwer wie mein Fahrschul-LKW, denn er hatte 30 Tonnen und der kleine Fahrschul-LKW hatte nur 6 Tonnen. Der Betonmischer hatte zwei Wimpel links und rechts und er hatte ein Halbsynchrongetriebe! Oh je! Der Kollege schulte mich ein und zeigte mir alles, weil ich so eine Maschine noch nie gefahren war. Krrkgrrkreisch peng! Und der Gang war drin. Danach der Rückwärtsgang. Er fuhr so unter die Mischanlage, dass der Trichter am LKW unter dem Rohr bei der Mischanlage war, und dann schaute er und wir gingen zum Meister rauf. Er stellte mich vor und sagte zu mir: „Das ist der Chef. Er sagt dir, wo und was du bekommst. Und jetzt müssen wir ins Josefsheim."

Das Josefsheim war eine Haushaltsschule, die erneuert wurde. Und meine Aufgabe war es, immer wieder neuen Beton dort hin zu transportieren, weil die Arbeiter ununterbrochen am Betonieren waren. Der Kollege nahm mich die ersten paar Runden mit, um mir

alles zu zeigen. „So, die Ladung ist jetzt fertig. Jetzt schalten wir den Mischer ein und lassen das Wasser rein in den Tank. Vergiss bloß nie, den Tank für das Wasser zu füllen, sonst wird der Beton in deinem LKW hart und du kannst den LKW nie mehr benutzen," erklärte er mir. Dann stiegen wir ein, ich setzte mich auf den Beifahrersitz. Krrgrrquesche tschrrr pang, und der erste Gang war drin. Damit rollten wir ganz langsam zum Firmenausgang. Dann versuchte er, den zweiten Gang einzulegen, krrgrrrqwetschgrpängpum, und der zweite war drin. „Verdammt, bin ich schon lange nicht mehr mit der alten Kiste gefahren! Aber es ist ein wirklich gutes Auto, und wenn es nicht geht, nehmen wir einen Hammer," lachte er. Aber vor der Schranke beim Ausgang wollte er zurückschalten, weil wir ja vor der Schranke stehen bleiben mussten, da ja die Schranke da war und nach der Schranke die Bundesstraße kam. Da sagte ich: „Weißt du was, so gut kann ich auch schalten." „Ja wirklich? Gut, muss ich dann nicht mitfahren?" fragte er. „Nein, die Baustelle kenne ich, denn ich wohne ja da in der Nähe und da oben gehe ich immer mit den Kindern in den Wildpark." „Ok, aber fahr nicht rauf, denn genau in der Kurve musst du in die Baustelle einfahren." „Ok, ja," sagte ich und er sprang aus dem LKW und ließ mich alleine.

Oh jemine! Das war was! Für diese Strecke hab ich noch nie im Leben so lange gebraucht wie für diese erste Fahrt mit dem Mischer. Schalten, eins zwei drei, dann bremsen, und wieder eins, zwei, drei, vier, juhu! Dann wieder bremsen, zurückschalten, nein unmöglich, eins, zwei, drei, und dann bremsen. Oh je, die Leute denken sicher, was für ein Idiot, der kann überhaupt nicht fahren, aber ich habe es gelernt und geschafft! Das war wirklich ein tolles Auto. Der LKW machte alles und hat nie gestreikt, aber ich musste lernen, die Geschwindigkeit zu beachten, bei 25 km/h den zweiten Gang, bei 30 km/h den dritten Gang und zurück, denn nur exakt bei der richtigen Geschwindigkeit konnte man schalten, um den Gang zu wechseln.

Ich bin dann noch acht Monate mit dem LKW gefahren und ich vergesse diesen Betonmischer niemals in meinem Leben. Er war so laut, dass ich nicht mal Radio hören konnte. Das Lenkrad hatte einen Meter Durchmesser. Der kleine Gang war wie ein PKW-Schalter, der große Gang wie ein Baum, der fast so groß war wie die Hälfte der Höhe des Führerhauses.

Was lernen wir aus der Geschichte? Es gibt nichts, das nicht zu schaffen ist. Einfach üben, üben, lernen und machen. Alles kann man, wenn man will.

Viel Spaß beim Führerschein, meine lieben Freunde von Johanns Geschichten!

Eine Werbefahrt und die Alte stirbt!

Hallo meine Freunde, man erlebt schon sehr viel bei einer Werbefahrt mit dem Bus. Ich bin einige Zeit für ein paar Wochen Werbefahrten mit Pensionisten gefahren. Das war immer sehr streng, aber auch ab und zu recht lustig.

Ich musste meistens schon um 4:30 Uhr damit beginnen, in einer Ortschaft die ersten Leute zu der schönsten und besten Werbefahrt abzuholen. Ich präsentierte das immer richtig professionell, wünschte allen einen guten Morgen und wies jedem einen Platz zu. Außerdem kassierte ich auch gleich das Geld für den Tag.

Als ich die letzten Passagiere eingesammelt hatte, ging es los zu dem Ziel. Diesmal sollten wir ins Kühtaital fahren, das ist im Tiroler Land und unvergleichlich schön. Es war eine lange Fahrt. Danach sollten wir ja die gleiche Strecke wieder zurückfahren, die wir gekommen waren, also über Innsbruck. Aber die lieben Damen sagten: „Herr Fahrer, könnten wir nicht über das Ötztal runter fahren? Das ist gleich weit, aber sehr schön." „Okay," sagte ich, „da war ich auch noch nie."

Jetzt aber bitte alle einsteigen, es war schon fast 15 Uhr und wir wollten um 18 oder 19 Uhr in Bregenz sein.

Von dort muss ich dann am nächsten Tag eine weitere Gruppe an den gleichen Ort bringen. Die ganze Woche über hatte ich diese Tour, so sagte ich: „So, meine Damen und Herren, jetzt müssen wir aber los, da wir ja noch eine Kaffeepause machen, bevor wir dann zu Hause sein werden." Alle freuten sich und riefen wie aus einem Mund: „Au ja!"

So, und los ging die Fahrt. Nach kurzer Zeit verließen wir das Hochplateau und fuhren die sehr schmalen und engen Serpentinen runter. Auf einmal kam eine Dame zu mir und sagte: „Lieber Herr, bleiben Sie sofort stehen." Ich sagte: „Gern, aber hier in den Serpentinen darf ich nicht anhalten, sonst blockiere ich den kompletten Verkehr. Da müssen Sie schon noch ein wenig Geduld haben." Ich dachte nämlich, sie müsste nur auf die Toilette. Aber sie sagte dann: „Die alte Frau da hinten stirbt aber!" „Nein, das kann sie nicht machen, das kann ich gar nicht brauchen." „Aber Herr Fahrer, das ist in unserem Alter ganz normal. Das haben wir mal von Südtirol gehabt. Da haben wir den toten Mann einfach in die Mitte genommen und gesagt, der schläft so fest, als wir über den Zoll gefahren sind. Sonst hätte uns der Zoll nämlich gar nicht durchgelassen."

In der Zwischenzeit war ich zur Seite gefahren und hatte die Warnblinkanlage eingeschaltet und die Türen aufgemacht. Die anderen

Damen haben die Alte raus getragen und auf die Seite hingelegt. Ich hielt ein großes Auto an und sagte: „Bitte, wir haben eine Dame, der ist nicht gut. Können Sie die Rettung verständigen, sobald Sie runter kommen?“ „Das kann ich jetzt sofort machen,“ sagte der Fahrer, „ich habe Autotelefon da.“ Ich bedankte mich und einige Zeit später hörten wir die Sirenen und sahen auch schon das Blaulicht. Die Sanitäter nahmen die Dame dann mit. So, jetzt aber alle einsteigen und bitte schnell, denn wir schauen noch im Spital vorbei.

Das war aber nicht notwendig, denn als wir unten ankamen im Tal, saß die Dame schon bei der Bushaltestelle an der Straße und winkte uns zu. Ich blieb stehen und es stellte sich heraus, dass sie nur einen Schwächeanfall gehabt hatte. „Haha,“ lachte die Dame, „haben Sie einen Schrecken bekommen?“ „Nein, warum? Mir geht es ja gut,“ lachte ich. Und dann lachten wir alle gemeinsam.

Wir fuhren aus dem Tal raus und am Arlberg auf eine Raststation, um einen Kaffee zu trinken und einen kleinen Imbiss zu uns zu nehmen. Danach fuhren wir schnell nach Hause. Jeder war froh, wieder gesund zu Hause angekommen zu sein. Und ich war vor allem froh, dass die Dame nicht wirklich gestorben ist.

Was sagt uns dieser Fall? „Es kommt eben immer anders, als man denkt“ oder „Lebe so, als wenn es dein letzter Tag wäre.“

Euer Johann und seine Geschichten.

H

Autorenprofil Johannes Beichl

Johannes Beichl, wohnhaft in Österreich, fährt seit 1984 mit dem LKW und seit 1995 mit dem Bus. Seit 2003 fährt er in Graz Linie, wo er bereits bei Kindern und Omis zur lebenden Legende wurde, weil er für die Kinder immer ein paar Leckereien dabei hat.

Er ist zum dritten Mal verheiratet und hat 4 Kinder und 12 Enkelkinder. Sein Hobby ist sein Garten und natürlich das Fahren, egal womit. Vor allem ist er ein leidenschaftlicher Geschichtenerzähler und als Clown immer zu Späßen aufgelegt.

Er pflegt eine stets optimistische Lebenseinstellung, die ihm schon über so manchen emotionalen oder finanziellen Kummer hinweggeholfen hat. Sein Lebensmotto lautet: „Auf jeden Regen folgt auch wieder Sonnenschein."

Johannes Beichl betreibt einen eigenen Online-Shop, in dem er Ratgeber-eBooks zum Kauf anbietet:

Aus dem Verlagsprogramm

www.loewenstern-verlag.de

Print-Ausgabe: 15,00 Euro
ePUB-Ausgabe: 8,49 Euro

Hans-Peter Schwenger /
Dr. Barbara Wieland
Frankfurter Bethmännchen – Genuss mit Tradition

Hier finden Sie das Ergebnis jahrelanger Erfahrung des Bäckermeisters Hans-Peter Schwenger mit der Herstellung von Bethmännchen und zeigt Ihnen die Version, die in Frankfurt am Main seit Jahrhunderten Tradition hat.
Übrigens: Wussten Sie, was die Alten Ägypter und Hildegard von Bingen mit unserem Weihnachtsgebäck zu tun haben?

Print-Ausgabe: 11,95 Euro
Apple iBooks: 4,99 Euro

Raphaela Wettach /
Renate Wettach
Die Königin und die Spinne

Dieses Buch unterscheidet sich von „normalen“ Kinderbüchern (für 4- bis 8-Jährige) dadurch, dass sich auch die Erwachsenen beim Vorlesen nicht langweilen. Dieses Buch hat das Potenzial, Ihr Lieblings-Vorlesebuch zu werden!

Aus dem Verlagsprogramm

www.loewenstern-verlag.de

Torben Zahradnicky
Licht tötet Schatten – Gedichte für Befreiung, Veränderung, ewiges Leben

Wenn wir das Leben in seiner ganzen Tiefe betrachten, dann gibt es mehr als das, was wir mit dem natürlichen Auge sehen. Es gibt mehr als das, was vergänglich ist.

ePUB-Ausgabe: 8,49 Euro
Print-Ausgabe: 15,00 Euro

Maya Satis
Teilzeit Borderliner

Scheinbar harmlose äußere Einflüsse können bei Maya als Auslöser wirken, ihrem Leben ein Ende zu setzen. Wie sie dennoch überlebt, erzählt sie sehr eindrucksvoll und spannend in ihrem Buch.

ePUB-Ausgabe: 10,00 Euro
Kindle-Ausgabe: 10,00 Euro
Print-Softcover: 13,00 Euro
Print-Hardcover: 20,00 Euro

Aus dem Verlagsprogramm

www.loewenstern-verlag.de

Jeronym Kuhn
Streben nach Gerechtigkeit

Dieses Buch ist das Vermächtnis eines reifen Lebens und stellt eine Sammlung von Denkanstößen dar, die keinen absoluten Wahrheitsgehalt beanspruchen. Sie sind als Diskussionsbeitrag zu verstehen. Die jüngere Generation hat das Zeug, neue Wege zu gehen, um nicht die alten Fehler zu wiederholen.

ePUB-Ausgabe: 9,99 Euro
Print-Ausgabe: 14,99 Euro

Torben Zahradnicky (Hrsg.)
Main Europa
Prämierte Beiträge des Wettbewerbs „Hanau schreibt ein Buch"

Kurzgeschichten über die Gegenwart und Zukunft der EU, Gedichte über Krieg und Frieden und das kulturelle Europa. Erfahrungsberichte von dem Traum „Europa" sowie nach einer Flucht.

ePUB-Ausgabe: 10,00 Euro
Print-Ausgabe: 15,00 Euro

Aus dem Verlagsprogramm

www.loewenstern-verlag.de

Renate Wettach

Mobbing für Fortgeschrittene Wie Sie Ihr Leben wieder in den Griff bekommen

Betroffene finden in diesem Buch Orientierung und Hilfestellung, damit sie nicht im Gefühlschaos versinken. Jeder kann es lernen, sich „am eigenen Schopf“ aus dem „Sumpf“ zu ziehen!

ePUB-Ausgabe: 12,00 Euro
Print-Ausgabe: 19,99 Euro

Markus Keßler

Luftschlösser ade, willkommen in Ihrer Traumgegenwart

Ein Buch aus der Praxis, das leicht verständlich die Geheimnisse eigener und fremder Kommunikationsmuster und Verhaltensweisen aufdeckt und entschlüsselt.

ePUB-Ausgabe: 7,90 Euro
Print-Ausgabe: 9,90 Euro

Hinweis: Der „LöwenStern Verlag“ hieß vor 2018 „Pilgerwege Verlag“.